(374e)

# CATALOGUE

# ESTAMPES

DES MAITRES

DES ÉCOLES ANCIENNES

Eaux-fortes italiennes et autres

ÉCOLE DU XVIIIe SIÈCLE

ET EN COULEUR

DONT LA VENTE AURA LIEU

HOTEL DES COMMISSAIRES-PRISEURS

RUE DROUOT, 5, SALLE N° 4

AU PREMIER ÉTAGE

***Le Jeudi 20 Janvier 1876***

A UNE HEURE PRÉCISE

Me **Maurice DELESTRE,** Commissaire-Priseur,
Successeur de Me Delbergue-Cormont,
rue Drouot, 23,
Assisté de **M. VIGNÈRES,** marchand d'Estampes,
rue de la Monnaie, 21 (ancien 13), à l'entre-sol,
CHEZ LEQUEL SE DISTRIBUE LE CATALOGUE.

PARIS — 1876

## CONDITIONS DE LA VENTE

L'ordre du Catalogue sera suivi.

Elle sera faite au comptant.

Les Acquéreurs paieront CINQ POUR CENT en sus des enchères, applicables aux frais de vente.

**M. VIGNÈRES, dirigeant la vente, se charge des Commissions.**

NOTA. Toute commission sans prix fixé ou sans limite déterminée sera regardée comme nulle.

M. VIGNÈRES se charge de faire marquer les prix aux Catalogues des ventes qu'il a faites. Les personnes qui le désirent peuvent s'adresser à lui *franco*.

Plusieurs Amateurs éloignés en ont reconnu l'utilité pour les guider dans leurs Achats sur les valeurs des Estampes.

Les Catalogues des Ventes à faire seront envoyés aux personnes qui en feront la demande *affranchie*.

AVIS. — Nous prions MM. les Amateurs éloignés de ne pas attendre au dernier jour, pour que les lettres arrivent le matin de la vente; la distribution des lettres se faisant après mon départ.

**Choix de Catalogues avec prix marqués.**

M. VIGNÈRES se charge des commissions dans les Ventes de Livres et Estampes autres que les siennes.

| | | | |
|---|---|---|---|
| 59 Etrangers à 5c | 2,95 | | 2282, |
| 340 France | 17 .. | | |
| 260 Paris | 13 .. | | |
| Transport à l'hotel | 3 .. | | |
| 6 Mains Chemises | 9 .. | | |
| Honoraires 10% | 228 20 | | |
| 1 f[ll]e et une 1/2 Montage | 40 | 273 55 | |
| affiches et afficheur 75 à 12c | | 28 10 | |
| Insertion au moniteur des ventes | | 7 30 | |
| Declaration de Vente | | 2 20 | |
| Timbre du procès verbal | | 3 60 | |
| Enregistrement | | 61 25 | |
| Versement en bourse commune | | 72 .. | |
| Honoraires M. Delestre | | 72 .. | |
| Clerc et Crieur | | 12 .. | |
| Location de la salle | | 36 20 | |
| 700 Catalogues | | 134 75 | |
| Journée du Commissionaire | | 5 .. | |
| pour supplement de travail | | 10 .. | |
| | | 718 15 | |
| Déduire 5% des acquereurs | | 114 10 | 604 05 |
| 6 Janvier 1875 Payé à M. Cocquet | | | 1677 95 |

Groj 16

Lebouteu 24 Adam 10. Derenda 15 Groj 8

Lefort 12 Derenda 15 Groj 8

Derenda 12 Groj. 4 50
Derenda 8 Groj. 6 50

Cologne 15 Derenda 10 Groj. 4

374°)

# CATALOGUE

## ESTAMPES ANCIENNES

1 **Alphabets** plus ou moins complets du xve au xviiie siècle, gothiques et autres, la plupart sur bois; environ 800 p. coupées de livres.

2 **Anonyme.** Moïse terrassant les bergers qui empêchaient les filles de Jéthro de puiser de l'eau pour leurs brebis, grand in-fol. Superbe ép. avant toute lettre.

3 **Audran** (K.). *Matri suplex commendat Alumnos :* Sainte Famille adorée par Sainte Catherine et des Anges, in-fol. Très-belle ép.

4 **Baillie.** Daniel interrogeant un des vieillards devant Suzanne, in-fol. Belle ép.

5 **Bega** (C). Petits bustes (B. 2, 4, 5, 6). L'Homme en manteau court (8). La Femme portant la cruche (9) 6 petites pièces, très-belles ép.

6 — L'Homme la main dans le pourpoint (10). La Fumeuse (11). Et autres (12. 13 14). 5 p. très-belles.

7 — Fumeurs, etc. (16, 17, 18, 19, 20). 5 p. belles.

8 — L'Assemblée (23). La Danse (26). Le Chanteur (27). Les Trois buveurs (29). 4 p. belles.

9 — La Mère (28). Superbe ép.

10 **Bega**. La Mère au cabaret (31). La Jeune aubergiste (33). La Jeune cabaretière caressée (34). 3 p. belles.

11 **Beham** (Séb.). La Prudence (B. 130). Très-belle.

12 — Cimon nourrit par sa fille (74). Impossible (145).

13 **Benaschi** (G.-B.). Sainte Famille adorée par des Anges. — Adoration des bergers, par *M. Piccioni*. 2 très-belles eaux-fortes in-fol.

14 **Berghem** (D'ap.). Retour à la ferme? Superbe ép. avant toute lettre, grand in-fol.

15 **Biscaino**. Naissance de Jésus (B. 7). Adoration des Mages (9). Sainte Famille adorée par des Anges (17). 3 p.

16 — La Circoncision (10). La Vierge allaitant (21). avant le n° 281 dessous le pied de la Vierge. — La Vierge adorant Jésus (22), avant Remondini et le n° 301. 3 p.

17 **Bois ancien**. Saint Christophe, in-fol. Belle.

18 **Bol** (Ferdinand). La Famille (B. 4).

19 **Bol** (H.). Paysages avec scènes de la Bible, de la Mythologie etc. 30 p. in-4., 1 à 30. Superbes.

20 — Scènes de la Bible, 6 p. rondes in-4. Belles épreuves.

21 **Bonasone**. Saint Roch (B. 70). Belle ép.

22 — Le Roi Midas recevant Silène (89). Très-belle ép.

23 **Bonavera** (D'ap.) Albane, Baptême de Jésus in-fol. Très-belle ép.

Gros J. Lerenim 15 Colegni 3.

[illegible] 5

Lébouchet 3.

[illegible] 5

[illegible] 10. [illegible] 12.

Berinli 2

Berinth 3 Kubondin 3

Kubondin 3.

Adam 5.

Lebouteux 22

Lebouteux 22 [illegible]

[illegible] 20

Vogt [illegible]

[illegible]

Vogt 5

[illegible] 10 [illegible]

24 **Bosse** (Abraham). La Vue. — L'Ouïe, 2 p. très-belles épreuves, grandes marges.

25 — Les Vierges sages et les Vierges folles. 4 p. très-belles.

26 — La Vue. — Les Vierges folles. — La Virilité, d'après, 3 p. très-belles.

27 — Titre des Vertus de saint François-de-Paule 1er état. Magnifique épreuve avec la bordure. — 2e état la bordure coupée ; la femme tenant les colombes a la tête changée; le titre latin du soubassement est en français. 2 p. toute marge.

28 **Boulanger** (J.). Vierge et Jésus, in-fol. — Saint François. 2 p. très-belles.

29 **Bouttats**. Portrait de Jean-Baptiste van Heil, peintre, magnifique ép. in-8.

30 **Brebiette**. Adoration des bergers d'ap. Palma, petit in-fol. Collection Camberlyn, très-belle ép. — Sainte Famille par *René Dudot*. Seule pièce du maître. 2 p.

31 **Callot**. Triomphe de la Vierge (Meaume, 100). 1er état, avant *Israël,* in-fol. Collée.

32 — Titre de la tragédie de Soliman (434), avant-dernier état — Titre des Entrées (492), 1er état.— La Possedée (156). 3 p.

33 **Cantarini** (Sim.) dit le Pésarèse. Adam et Ève (B.1). — Repos en Egypte (2), avant Robillart. — Autre (3) avant le nom du Guide. — Autre (5). — Autre en travers (6) et la copie, très-belle ép. du cabinet Denon. 6 p. très-belles ép.

34 **Cantarini.** Vierge et Jésus (18). — Saint Jean (23) sur papier de la chambre apostolique. — Saint Sébastien (24). — Le grand Saint Antoine de Padoue (25). — Le petit Saint Antoine de Padoue (26). — Saint Benoît délivrant un possédé (27). — L'Ange Gardien contre-partie du (28). 7 p. très-belles.

35. —Le Quos ego (29).—Enlèvement d'Europe (30). — Mercure et Argus (31). — Mars, Vénus et l'Amour (32). — Vénus et Adonis (33). — La Fortune (34). 1er et 2e états. Col. Robert Dumenil. — Frontispice de livre (35). 2 ép. de la même collection. 9 p. très-belles ép.

36 **Caraglio.** Les Muses et les Piérides (B. 53). Belle ép. collée. Col. sir Joshua Reynolds.

37 **Carpioni** (Jules). L'Hommage du petit saint Jean (B. 7), très-belle. — La Vierge prenant Jésus du berceau (8). — Vierge au Rosaire de *Canuti* (1). — Saint Charles Borromée soignant les pestiférés de *Carlone*. 4 p.

38 **Castiglione** (B.). Son portrait par lui-même (B 31). — L'Entrée dans l'arche (1). Autre (2). Têtes orientales. 5 p. très-belles.

39 — Petites et grandes têtes orientales. 8 p.

40 **Champagne** (D'ap. Ph. de). La Samaritaine par *Surugue*. Superbe ép. — Le Christ au tombeau par *Bénard*, très-belle ép. 2 p. in-fol.

41 **Chapron** (N.). Saintes Familles 2 p. petit in-fol. Belles ép.

42 **Charpentier** (R.). Descente de croix, petit in-fol. Superbe ép.

Rabourdin 10.

Leboucher 7

Rabourdin 5

Rabourdin 6. Adam 9.

Leboucher 12

Adam 8.

Rabourdin 3.

Adam 5

[illegible] 5

[illegible] 7

[illegible] 4

Greg. 12

Gray 4

43 **Cochin** (C.). d'ap. *Bertin*. Le Serviteur d'Abraham offrant des bijoux à Rébecca auprès du puits, in-fol. Superbe ép. grande marge.

44 **Corneille** (Michel). *Notre-Dame-des-Anges* ★ *dite la Portioncule*. Tableau dans le cœur des Capucins du Marais à Paris, petit in-fol. Superbe ép., marge.

45 **Coypel** (A.). Judith. (R. D. 2). Magnifique ép. in-4.

46 — Pan vaincu par les amours, 1692 (10). Belle épreuve.

47 — (D'ap.). Triomphe de Vénus, in-fol., par *Simonneau*. Superbe ép.

48 **Dé** (Maître au). Enée sauvant son père (B. 72). — Gladiateurs combattant (77), belle ép. avec marge. 2 p.

49 — Cinq hommes combattant des bêtes féroces. D'ap. *J. Romain* (79). Superbe.

50 **Dominiquin** (D'ap. le). Sainte Cécile, in-fol. par *Stéph. Picart.* Superbe ép. marge.

51 **Dorigny** (M.). Martyre d'un saint, in-fol., d'ap. *S. Vouet*. Très-belle ép.

52 **Durer** (Albert). La Vierge au singe (B. 42).

53 — Le Pourceau monstrueux (95). Superbe ép.

54 — Saint Martin, sur bois (18, de l'Appendice). Très-belle.

55 **Dyck** (D'ap. Van). Fréd. H., prince d'Orange, avec *Joannes Meysens*. — H. Riche. *Gillis Hendricx* 2 p. très-belles ép.

56 — Par *Pontius*. Bazan. — Frockas. — Th. de Savoie. — Wouwer, 4. p. Très-belles ép.

57 **Dyck** (D'après van). Par *Vorsterman*. Coeberger — Delmont. — Livens. — Gaston d'Orléans. 4 p.

58 — Jordaens. — Malder. — Mirevelt. — Montfort. — Puteanus. — Vrancx. 6 p. belles ép.

59 **Eaux-fortes** de diverses écoles, Vierges et Jésus et Saintes Familles. 12 p.

60 **École d'Albert Durer**. Saint Jérôme à genoux se frappant la poitrine avec une pierre. Grande et belle eau-forte in-fol.

61 **École flamande**. Sujets religieux, Paysages, Enfants de *Schut*, Animaux, etc. 16 p.

62 **École française**. Combat de *Casanova*, scène de buveurs de *Dassonneville* et autres 10 p.

63 **École italienne**. Micarino, Scarcello, Sirani etc. 10 p.

64 — Vierge de C. Maratte, Trivius, etc.; Saint-Jérôme d'Amatus, et autres saints et saintes, 21 p. 2 lots.

65 **Edelinck**. L'Annonciation d'ap. *Poussin*, in-fol. Très-belle ép.

66 **Episcopius** (J.), 1669. *Jean de Bisschop*. La Samaritaine d'ap. *An. Carrache*, une des pièces capitales du maître, in-fol. Très-belle ép.

67 **Falcone** (Angelo). Tombeau d'un homme de lettres (B. 13) avant le nom de *Falcone*. — Copie trompeuse. — Les Cariatides (10), 3 p.

68 **F. G. I.** Le Char de l'Aurore, belle compositon à l'eau-forte pour éventail, rare.

69 **Gaultier** (Léonard). Scènes du Nouveau Testament. 7 petites pièces grandes marges.

Lu. 10

Greg 5

Rabourdin 6.

Report 18

Babouin 8

M. H. 50

70 **Genoels** (A.). Paysages ronds (B. 4, 5, 6), ovale (10) et le pendant par *Meyer*, superbes, 2 ronds d'ap. *Genoels*. — En hauteur (12, 14, 15, 17, 18, superbes, 19, 21, 22), la plupart de la col. Robert Dumenil. 15 p. belles.

71 — Paysages en travers (29, 30, 32), en 1er état. (33, 34, 36, 37), (34, 36, 39, 41), en divers état. En tout 13 p. belles.

72 — Paysages (46, 51, 52, 53, 55, 56, 57, 58, 59). 9 p. très-belles.

73 — Paysages (62 à 68). 12 p. superbes en différents états, col. Robert Dumenil.

74 **Gheyn** (D'ap. de). Leçon d'anatomie, petit in-fol. par *Andr. Stoc.*

75 **Ghisi** (G.). Sainte Famille en Égypte adorée par des Anges (B. 4). In-fol. très-belle ép.

76 **Gravure au burin du XVe siècle.** Christ en croix, la Vierge mère à droite et saint Jean à gauche du pied de la croix, avec la date M CCCC XXX (1430). Haut. 0,43, larg. 0,27.

Sa forme ogivale et le style byzantino-mauresque des arabesques qui sont au-dessus de la croix, attestent bien son origine gothique. La trace des clous qui ont appliqué la plaque de métal semble bien indiquer qu'elle fut une porte de tabernacle ou plutôt de reliquaire, car la pièce en forme de demi-cœur, en bas, à gauche, à dessins analogues à la partie supérieure de l'estampe, pourrait avoir été une porte par laquelle on introduisait la main pour faire toucher, sur la relique, les objets que les croyants présentaient à ce dessein. Que cette épreuve ait été tirée à l'époque même ou à très-peu de distance de sa date, il n'en est pas moins vrai qu'elle constate un fait : l'existence dans les premières années du XVe siècle, de la gravure au burin et de l'emploi de l'eau-forte sur des plaques de métal.

A ce point de vue et à celui des recherches scientifiques ultérieures, cette rarissime estampe offre un véritable intérêt de curiosité.

77 **Greuter.** La Chute des géants, composition ovale, signée *Claude-Augustin-Mariette 1677*, sur l'ovale. Rare.

78 **Grimaldi**, dit Bolognèse. Paysages ronds (B. 4 à 7), 4 p. Superbes ép.—Le Chemin creux, 1$^{er}$ état (35). 5 p.

79 **Guide** (D'ap. le). Les Pères de l'Église.—Sainte Catherine. — Saint Barthélemy. — L'Amour dormant. 4 p. in-fol. très-belles ép.

80 **Guillain** (Sim.), 1646. Vie de Saint Diego, d'ap. *An. Carrache*, 18 p. Superbes. col. Robert Dumenil.

81 **Hoechghenberghe** (F.). Combats des mangeurs de lard contre les mangeurs de poissons. Grand in-fol. d'ap. *Breughel* le Vieux. Eau-forte très-curieuse. Grand nombre de figures.

82 **Hollar.** Diane dormant.—Cochons et ânes. 2 p.

83 **Huret** (G.). Reginæ pacis sacrum, in-fol. Très-belle ép.

84 **Jordaens** (D'ap.). Berger à genoux faisant sa déclaration à sa bergère, in-fol, par *J. Neefs*. Très-belle ép.

85 — Le Satyre et le paysan, grand in-fol. par *Vorsterman*.

86 **Laer** (P. de). Suite d'Animaux (B. 1 à 8). Très-belles ép. 8 p.

87 **Le Clerc.** Médaille de Louis XIV, surmontant six médaillons et la vue de Paris, petit in-fol.

88 **Lefèvre.** Sainte Famille d'ap. *Titien*. Magnifique ép. in-4.

89 **Le Sueur** (D'ap.). Le Parnasse par *Coelemans*, in-fol. Superbe ép. marge.

Rabourdin 5

Rabourdin 10

Pom 3.

ine 15 Rabourdin 6, Lebourdin 42

Nicole 4

[illegible] 6

[illegible] 6

Ludmund. 5

Leboucher 6 [illegible] 15

Lebouch 18

Leboucher 6

90 **Lucas de Leyde.** Caïn tuant Abel.

91 — L'Espiègle : copie trompeuse d'une pièce de la plus grande rareté.

92 **Lucchese** (Michele). Psyché et Mercure (Le Blanc, 8). Magnifique ép. d'ap. *Raphaël.*

93 **Maître anonyme italien.** Sainte Famille à l'eau-forte dans le goût du *Parmesan*, in-4. Belle ép. Collection Favart, et autres par divers. 4 p.

94 **Marc Antoine.** Un ange apparaissant à Joachim (B. 662), d'ap. *Albert Durer.* Belle ép.

95 **Mazurie** (L.). Le Joueur de flûte et les buveurs d'ap. *Ostade.* — Le Marchand de chansons pour pendant, avant toute lettre. 2 p. très-belles.

96 **Melini** de Lorraine. *Ex voto.* Seule pièce du maître. 1er état avant Robillard, et 2e état. 2 p. Superbes. Collection Camberlyn.

97 **Miel** (Jean). La Vieille (B. 2). — L'Épine dans la plante du pied (3). 2 p. à l'eau-forte, très-belles ép. Collection Rob. Dumenil.

98 — Prise de Mastricht par Alex. de Parme 1579 (4 et 5). — Prise de Bonn (6). 3 p. rares pour Fabiani Strada. Superbes ép. Col. de Verstolk de Soelen.

99 — Le Berger qui trait une brebis, non décrit dans Bartsch ni dans Weigel. Petite pièce très-rare, 2 ép., dont une avec petite marge.

100 **Mignard** (Pierre). *Frère cadet de Nicolas.* Sainte Scholastique, la seule pièce du maître, petit in-fol. (R. D. I. p. 109). Très-belle ép. — Hercule de *Nicolas Mignard* (R. D. 3). 1er état. 2 p.

101 **Moro** (B. del). Repos en Egypte (B. 3), 1er état. — Tombeau d'un évêque (13). — Romulus et Remus (29). — Hercule et l'Hydre, non décrit. La Victoire et la Paix s'approchant d'un enfant (34), 1er état. 5 p. très-belles.

102 **Moro** (Marc del). Mariage de Sainte Catherine (B 2). — La Sibylle Tiburtine (3), 1er et 2e état. — Mars et Vénus (5). 4 p. très-belles.

103 **Moyaert** (Claas). Deux Hommes désignent le fond à un autre à genoux devant eux. Eau-forte belle ép.

104 **Neve** (F. de). Diane et Endymion (B. 1). — L'Amour au bain (2). — Le Berger assis (4) et autre. 4 p. à l'eau-forte très-belles.

105 — Suite de différents paysages (5 à 12). 8 p. très-belles.

106 **Panneels**. Saint Sébastien. Jupiter et Junon. 1er et 2e état, rares, le nom de l'artiste ayant été effacé, cette pièce étant jointe ordinairement à l'œuvre de Rubens. 3 p. très-belles.

107 **Parmesan**. Sainte Famille, le petit Saint Jean offre des fruits à l'Enfant Jésus. Rarissime. — Autre Sainte Famille, avec un évêque et une sainte. Col. de sir Joshua Reynols. 2 p. à l'eau-forte, attribuées. — La Nativité. 3 p.

108 — (D'ap.). La Sibille Tiburtine, par *Antoine de Trente*. Camaïeu sur bois à deux planches. — Adoration des Bergers.—Adoration des Mages. 3 p.

109 **Parrocel** (P.). Triomphe de Bacchus et d'Ariane. Grand in-fol. d'ap. *Subleiras* (R. D. 18). Superbe.

Labourdin 6.

Labourdin 1.

Labourdin 8.

Lefort 10

Aum 8.

[illegible]

Rabouwski 3

Rabourdin 4

Lefort 6. Veyer 3.50

Derend. 8 Gray 25.

Colegnie 30) Derundin 5 Gray 25
Derendey 5

Colegni 25 Derend. 5 ~~Vayde 3.~~ Gray 7
Veyde 3 Gray "
Derenduye 5
Derening 3
Derend. 20 Gray 20

110 **Passari** (Bernardin). Sainte Famille (B. 70). Superbe.

111 **Pesne.** La Charité romaine (R. D. 13). 3[er] état.

112 — Ravissement de Saint Paul, d'ap. Poussin (12). Belle ép., marge.

113 **Petits maîtres.** Petits sujets religieux très-anciens, avec monogrammes, etc. 9 p.

114 **Place** (F.). Marines. 6 p. superbes, 1 à 6.

115 **Poilly.** Sainte Famille au mouton. Grand in-fol. Superbe.

116 **Poussin** (D'ap.). Saint Paul enlevé jusqu'au troisième ciel. In-fol. par *Chasteau*. Superbe.

117 **Procaccino** (C.). Repos en Égypte (B. 1). Superbe ép., col. Robert Dumenil. 1er état avant *Mariette excu.*, marge. — Autre (3). Très-belle ép. 2 p.

118 **Raphael** (D'ap.). Notre-Dame à l'escalier, copie A du 45, de Marc-Antoine.—La Femme en méditation, copie B du 445.—La Tranfiguration. 3 p.

119 **Rembrandt.** L'Ange disparaissant devant Tobie (B. 43). Belle.

120 — L'Annonciation aux bergers (44). Très-belle ép.

121 — La Nativité (45).

122 — Jésus et la Samaritaine (70). Très-belle.

123 — Saint Jérôme (102). Belle ép.

124 — Le petit Orfèvre (122). Belle.

125 — Figures académiques d'hommes (194).

126 — Jean Lutma (276). — Asselyn (277). 2 p. Belles.

127 **Rode** (J.-H.). Jésus devant Pilate. Riche composition. In-fol., 1er état *Die Vorstellung*, etc. — 2e état, le titre changé. *Exivit ergo Jesus*, etc. 2. p. très-belles.

128 **Roghman.** La Halte auprès de l'arbre (B 27), et autre paysage. 2 p. superbes.

129 **Rosa** (Salvator). Démocrite (B. 7). Belle. — Remus et Romulus de *Bellavia* (B. 52). — La Mort des fantaisies de *Tiepolo*. 3 p.

130 **Rousselet.** David, d'ap. *Dominiquin*. — Saint Michel, d'ap. *Raphël*. 2 p. superbes, marge.

131 — Jésus et Saint Jean. — Saint Pierre. — Saint François. 3 p. superbes d'ap. *Le Guide*.

132 — Les Évangélistes, d'ap. *Valentin*. 4 p. superbes toute marge.

133 **Rubens** (D'ap.). La Résurrection, par *Bolswert*. — La Charité, d'ap. *Van Dyck*. 2 p. in-fol.

134 **Ruysdael.** La Maison en haut de la colline. Belle ép.

135 **Rysbrach.** Œuvre complet du maître. 6 paysages (B. 1 à 6). Superbes ép.

136 **Saftleven.** La Femme qui trait la vache. Paysage à l'eau-forte.

137 **Schiaminosi** (Raphël), 1608. Martyre de saint Etienne. Magnifique ép. des collections Waagen et Soleil (B. 57). — La Vierge dans un rond. 2 p.

138 **Schiavone** (D'ap.). Jupiter et Io. Grand in-fol. *Aveline*. Superbe ép. toute marge.

139 **Servandoni** (D'ap.). Plan et vue de feu d'artifice, 1730, pour la naissance du Dauphin; au revers est écrit : *Menus plaisirs du Roy*, 1768.

140 **Stella** (Jacobus). Fête de Florence, 1621. Superbe ép. grand in-fol. Col. Robert Dumenil.

141 **Stella** (Claudia). Mariage de sainte Catherine. — Jésus soutenu par l'ange devant les instruments de la Passion. 2 p., très-belles ép.

Racounin 3. Lefort 8

Lefort 7.

Lefort 8.

Leyde 12.

Lefort 5.

Raloudin 8

Grog 8 Berard 15 Michel 26

Robourdin 2

Lefort 6

Lefort 8 Lieu 10

Lieu 10

Robourdin 2

142 **Testa** (Pietre). Saint Jérôme en pénitence (B. 15). — Les sept Sages de la Grèce discutant (18). — La Paix peignant le portrait d'Innocent X (31). 3 p. belles.

143 **Tortebat.** Le Vœu de Jephté. In-fol. d'ap. *S. Vouet.* (R. D. 4). Belle ép.

144 **Umbach.** Saint Jérôme, collection Galichon. — Saint Martin. 2 p. in-8, superbes.

145 **Uytenbrouch.** Mercure et Argus. 1er et 2e état. 2 p.

146 **Van Schuppen,** 1652. Vierge et Jésus dans un encadrement entre deux grands anges qui tiennent une couronne. Magnifique ép. de la plus grande fraîcheur.

147 **Velde** (J. V. de). *Percurrens habitus pulchros*, etc. Paysages, Marines. 4 p. superbes de la collection P. Visscher. Collées.

148 — Paysages, Effet de lune, de lumière et autres. 4 p. superbes.

149 — Histoire de Tobie, 3 et Paysages. 7 p. très-belles.

150 **Vermeulen.** Sébastien Mabre Cramoisy, directeur de l'Imprimerie royale. In-4, superbe ép. avant le nom du graveur.

151 **Vignon.** Martyre de Saint Laurent (R. D. 21). — L'Apothéose d'Hercule, avant Ciartres (25). 2 p., très-belles ép., — et autres. 4 p.

152 **Visscher** (Corneille). Musiciens ambulants, d'ap. *Ostade.* Belle ép. doublée, in-fol.

153 **Vouillemont,** 1638. Lucrèce. Magnifique ép. petit in-fol.

154 **Waterlo** (Ant.). Alphée et Aréthuse (B. 125). Belle ép. toute marge.

155 **Wierix** (I. H.). Orphée charme les animaux par les sons de sa lyre. Petite pièce superbe.

156 **Woeiriot** (P.). Empereur romain (R. D. 157). — Cérès (160). 2 très-petites p. très-belles.

157 **Wyngaerde** (F. V.). Fuite en Egypte. In-fol. Très-belle ép., marge.

---

## ÉCOLE DU XVIII^e SIÈCLE

158 **Anonyme.** Intérieur: Galant aux pieds d'une jolie femme en costume XVIII^e siècle. Ovale in-4 en couleur, superbe, sans marge.

159 **Alix.** Portrait de M^me de Sévigné. Grand in-4 ovale en couleur, d'ap. *Nanteuil.*

160 — Marat. — Lepeletier-Saint-Fargeau, par *Allais.* 2 portraits grand in-4, ovales, en couleur.

161 — La Lanterne magique de l'Amour. — Le Télégraphe de l'Amour. 2 p. petit in-fol. en couleur, d'ap. *Schall.*

162 **Allou** (D'ap.). Amusement espagnol : jolie Femme pinçant de la guitare. Très-belle ép. in-4.

163 **Aubry** (D'ap.). L'Innocence inspire la Tendresse, par *Voisard.* Belle ép., petit in-fol.

164 **Bénard** (D'ap.). La Nourrice qui ramène l'enfant, par *Cl. Duflos*, petit in-fol.

Ditchfield 16. Calzan 8. Cotigni 5

Rabourdin 4.

Gray 3. Gaston 11. Capron 12,50 Bardin 30 Michel 9.

Ditchfield 3. Bardin 40

Gray 16 Bardin 40 Michel 9.

Barvin 150 Grej 10
xxx

Grej 7

Michel 6. Barvin 80

Barvin 40

Barvin 80
x

Herbig 3

165 **Boilly** (D'ap.). Voilà ma mère, nous sommes perdus! — Jouir par surprise n'alarme pas la pudeur. 2 p., petit in-fol. en couleur. Très-belles ép. toute marge.

166 **Bonnet.** L'Amant écouté. — L'Éventail cassé. 2 p. petit in-fol. en couleur, l'éventail est sans marge.

167 — Bazile et Luzi. — Bazile et Laurette. 2 p. en couleur, petit in-fol. Très-belles ép.

168 — La Basse-cour. — Les Lapins. 2 p. en couleur, grand in-4 d'ap. *Huet.*

169 **Boucher.** Jeune Fille écoutant un jeune homme pinçant de la guitare (Baudicourt 102). — L'Espagnol pinçant de la guitare (127), 1er et 2e état non décrit, avec paysage au fond. — Cinq musiciens ambulants (147), 1er état et 2e avec XXX au coin gauche en haut non décrit. — 5 p. d'ap. *Watteau*, fac-simile de dessins, superbes ép.

170 — d'ap. *Bloemaert* (173). — La Couvée, par de *Billy.* — Groupes d'amours, par *Larue.* — La Caravane, par *Huquier*, etc. 6 p. superbes.

171 — Cartouches, 2 en hauteur, 2 en travers, ornés de figures allégoriques. 4 p. de la vente Sechan.

172 — Le Billet doux, par *Miger.* Belle ép. in-fol.

173 **Caresme** (D'ap.). Uranie. Petit in-fol. ovale en couleur, par *Partout.*

174 **Carrée.** Les deux Lettres espagnoles. Petit in-fol. en couleur, toute marge.

175 **Caricatures** sur la banque de Law. Le Carnaval, etc. 3 p.

176 — Entrée triomphale du MANNEKEN-PIS dans la cité de Louvain, 1820. — Espièglerie du plus ancien bourgeois de Bruxelles. 2 p. curieuses.

177 **Caricatures** anciennes et modernes. 54 p., seront divisées.

178 **Choffart.** Entourage in-fol. pour le portrait d'un seigneur portugais. Superbe eau-forte.

179 **Costumes** et coiffures de l'année 1785, par divers. 60 très-petites pièces contenant plusieurs figures.

180 **Coypel** (Noël-Nicolas). Sainte Thérèse. In-4 terminé par *Le Bas*. — Billet d'enterrement pour Londres: La Mort cherchant à retenir un homme qui se sauve. Avant la lettre, gravé par *Jacques Chereau*. 2 p. superbes.

181. **Dagoty.** Le duc de Lavrillière, secrétaire d'État. Portrait en buste. Grand in-4 en couleur.

182 **Danloux** (D'ap.). Il m'a tiré les oreilles. — Tant mieux ! c'est bien fait. 2 p. in-4, par *Perré*.

183 **Danzel.** La Charité romaine, d'ap. *N. N. Coypel.* Vénus et Adonis, d'ap. *Berthon.* 2 p. in-fol.

184 **Daullé.** La Vengeance de Latone. In-fol. d'ap. *Jouvenet.*

185 **De Marcenay.** Testament d'Eudamidas, d'ap. *Poussin.* Belle ép. petit in-fol.

186 — Henri, comte de Berghe. Grand In-4 d'ap. *Van Dyck.* Très-belle ép. avant toute lettre.

187 **Demarne** (J. L.). Le jeune Cavalier, scène de famille villageoise, pièce capitale du maître. — L'Oreille tirée. — Le vieux Paysan et la jeune Villageoise. 3 p., superbes ép., 1er état avec remarques.

188 — Paysages divers, avec remarques. 1[res] ép. 10 p. superbes.

[illegible]chet 16.

[illegible]sson 8

[illegible]arvin 30
×

[illegible]ivarn 4.

[illegible]ouchet 15

Leboucher 25

Leboucher 20

Barrin 80 × Guidan 16

Barrin 50

Adam 8

189 — Scènes d'animaux, bergères avec leurs bestiaux. 8 p., superbes ép. avec remarques.

190 — Doubles des paysages et animaux. 4 p. superbes avec remarques.

191 **Demarteau.** Bestiaux. Fac-simile sanguine de 2 dessins de *Boucher* qui étaient dans le cabinet de M^me^ Dazaincourt, n^os^ 56, 57. Superbes.

192 — 1770. M^me^ Geoffrin de profil, tenant une lettre d'ap. *Cochin*, 1746. In-4, sanguine.

193 **Descourtis.** Le Départ de l'Enfant prodigue. — L'Enfant prodigue en débauche. 2 p. in-fol. d'ap. *Taunay*. Magnifiques ép, toute marge.

194 **Dietricy**, 1756. L'Enfant prodigue réduit à garder les pourceaux. Superbe ép.

195 — Le Satyre et le Paysan, avant le n° 75. — Paysage avec deux figures, genre de *Salvator Rosa*. 2 p., 1^er^ état, superbes, grandes marges.

196 **Dietricy** (D'ap.). Les Musiciens ambulants. In-fol. Avant toute lettre.

197 **Dufresne** (D'ap.). Myrtile et son père. — Ménalque et Eschine. — L'Invention de la lyre et du chant — Les Zéphirs et Mélinde. — Corydon. 5 p. grand in-4 en couleur, par *Mallet* et autres, toute marge.

198 **Dupuis.** Mariage de Charles I^er^. — Le roi Charles prenant congé de ses enfants, par *Lépicié*. 2 p. in-fol.

199 **Eisen** père (D'ap.). Jeune fille tenant une raquette et un volant. Petit in-fol., très-belle ép. sans marge.

200 **Fabre** (François-Xavier). Le Christ au tombeau. — L'Ange et les saintes Femmes. 2 p. en bistre. Col. Robert-Duménil.

201 — Tombeau d'Alfiéri. — Paysages, d'après *Guaspre*. 5 p. superbes. Marge.

202 **Fessard.** La Tourterelle, d'ap. *Lagrenée*. In-fol.

203 **Fragonard** (D'ap.). La Forza dell'educazione, par *Eredi*. — L'Innocenza eloquente par *Cecchi*. — La Malizia e la Semplicità, d'ap. *Aubry*, par *Carboni*. 3 p. publiées en Italie. Petit in-fol.

204 **Freudeberg** (D'ap.). Le Petit Jour, par *de Launay*.

205 — Lison dormait, par *Trière*. Très-belle ép. Toute marge.

206 **Greuze** (D'ap.). L'Écolier distrait. Très-belle ép. sans marge.

207 — Thaïs ou la belle Pénitente. In-fol., par *Levasseur*. Très-belle ép. Toute marge.

208 — La Privation sensible, par *Simonet*. 1780. Très-belle ép. In-fol.

209 — Costumes de femmes d'Italie, Florentine, etc. 8 p. Petit in-fol. Belles ép.

210 **Guyot.** Arabesques, d'ap. Lavallée-Poussin, Moreau, etc. 28 p. en bistre.

211 **Hallé.** 1771. Adoration des bergers. Grand in-fol. Très-belle ép. Toute marge.

212 **Huet** (D'ap.). Vue d'une fontaine antique. — Vue de l'intérieur d'une ferme. 2 fac-simile de dessins relevés de couleur.

213 — La Bergère récompensée, en couleur. Petit in-fol., par *Jubier*.

214 — La Douceur et l'Amitié enchaînent l'Amour. Ovale in-4, par *Wolff*. Très-belle ép.

215 **Janinet.** Le brave Crillon. Portrait ovale. Grand in-4. Avant toute lettre. Très-belle ép.

[illegible] 13.

Panat 100
[illegible]

Gré 60 Barón 80
xxx

Gaden 86. Barón 70

Barón 50

Barón 150
xxx

Bukowski 20

Bukowski 10

Levouchi 6 Gemoun 7 Berand 4 Hedon 3

216 **Jeaurat** (D'ap.), 1752. L'Éplucheuse de salade. Petit in-fol., par *Beauvarlet*. Belle ép. Marge.

217 **Jubier**. Vue d'une fontaine antique. — Les Pêcheurs. 2 p. d'ap. *Huet*. Petit in-fol.

218 **Lancret** (D'ap.). Le Printemps. — Le Midi. 2 p. in-fol., par *de Larmessin*.

219 **Largillière** (D'ap.). Ce Causeur, près d'Iris, etc. Portrait d'une jolie femme. Grand in-4, par *Chateau*. 1710.

220 **Lavrince** (D'ap.). Valmont et la présidente de Tourvel. — Mme Mertreuil et miss Cécille Volange. 2 p. Ovale équarri in-fol.

221 — L'Accident imprévu. — La Sentinelle en défaut. 2 p. en couleur, par *Darcis*. Le titre manque.

222 **Le Bas**, d'ap *Hutin*. Allégorie sur le mariage du Dauphin en Espagne, 1744. In-fol. rare avant toute lettre.

223 **Le Moine** (D'ap.). Hercule et Omphale. In-fol., par *Cars*. Superbe.

224 **Le Noir**. L'Amour vaincu par l'Avarice. — Entrevue d'Henri IV et de Gabrielle d'Estrées.— L'Accouchée. Avant toute lettre. 3 p. rondes. In-fol.

225 **Le Vasseur**. Hercule et Achéloüs. In-fol., d'ap. *Christophe*. Très-belle ép.

226 **Loutherbourg**. 1763. Intérieur d'un café, charge; légère eau-forte rare.

227 — La Bonne petite Sœur. — Tranquillité champêtre. 2 p. Superbes ép. avant l'adresse de *Martinet*.

228 **Lucien**. Huit moutons, d'ap. *Berghem*. Belle sanguine avec vers de Mme Deshouilières. In-fol.

229 **Meissonier**. Polichinelle. Eau-forte légère, rare.

230 **Mixelle**. Le Galant batelier. — Les Plaisirs de la campagne. 2 p. en couleur, d'ap. *Huet*.

231 **Monnet** (D'ap.). Salmacis et Hermaphrodite. Très-belle ép. Petit in-fol., par *Vidal*.

232 **Natoire**. Adoration des Mages. Belle eau-forte. Ovale. In-4. (R. D. 1.).

233 **Nauwens**. 1852. Jeune femme de profil coiffée d'un chapeau, à mi-corps. Superbe ép. Avant toute lettre, sur chine, avec dédicace signée, marge, in-fol.

234 **Ornements**. Cartouches blancs. 5 p. Petit in-fol. Collection Séchan. Très-belles ép.

235 **Pierre** (D'ap.). Le Savoyard, la Savoyarde, les Forges de Vulcain. 3 p. teintées. — Léda impr. en couleur. 4 p.

236 **Regnault**. Ah! s'il s'éveillait. — Dors, dors. 2 p. In-fol. Toute marge.

237 **Scheffer** aîné. Marguerite à l'église. Eau-forte. In-8. Seule pièce gravée par lui.. Très-belle. Toute marge.

238 **Solari** (D'ap.). La Vierge au coussin vert. In-fol. Eau-forte, 1840. Toute marge.

239 **Strange**. L'Amour dormant, d'ap. *Le Guide*. In-fol. Très-belle ép.

240 **Subleyras**. Le Serpent d'airain. (R. D. 2.) Rare ép. avec, en bas, l'inscription manuscrite de l'auteur.

[illegible] 7.
[illegible] 30

[illegible] 5.

[illegible]

[illegible] 0

[illegible] 12.50 [illegible] 90

[illegible] 5

Michel. 13. Gaden 26

Concours 15.

[illegible] 10

Renard 10
vitres belle.

241 — 1738. La Madeleine aux pieds de Jésus. (R. D. 3.). — La même. Épreuve très-rare avec un cache-lettre sur la dédicace. 2 p. 1er état avec la date. Grand in-fol. en longueur. Superbes.

242 **Vanloo** (D'ap.). Louis XV à cheval. Grand in-fol., par *de Larmessin*. Col. de P. Visscher. Très-belle ép. collée.

243 **Vernet** (D'ap. Carle.). Les Jockeys montés. — L'Arrivée de la course. 2 p. par *Dorcis*. — La Chasse au cerf, n° 1, par *Levachez*. 3 p.

244 **Vien** (D'ap.). La jeune Circassienne. Petit in-fol. Superbe ép. Marge.

245 **Watteau** (D'ap.). Jeune abbé cause à une dame à sa toilette, figures à mi-corps. — Traîneau à un cheval. 2 fac-simile de dessin, superbes.

246 — Sainte Famille. — L'Occupation champêtre, par de *Rochefort*. Toute marge. 2 p.

247 — Louis XV mettant le cordon bleu à M. de Bourgogne, qui vient de naître. In-fol., par *de Larmessin*. Très-belle ép.

248 **Wille** (J.-G.). Les Soins maternels. — Les Délices maternelles, d'ap. les tableaux de son fils. 2 p. in-fol. Très-belles ép. avec les armes avant les titres changés.

249 **Wille** fils (D'ap.). L'Écrivain public. In-fol., par *Guttemberg*. Très-belle ép.

250 **Pièces en couleur**. Enfant dormant. The Sylph, vues, etc. 5 p.

251 — Sur Don Quichotte. 10 p. dont 4 doubles.

Ves Renou, Maulde et Cock, imprs de la Cie des Commissaires-Priseurs, rue de Rivoli, 144. 59102

www.ingramcontent.com/pod-product-compliance
Ingram Content Group UK Ltd.
Pitfield, Milton Keynes, MK11 3LW, UK
UKHW021519260726
13993UKWH00004B/1764

9 782329 441191